AF273251

Thorsten Boß

Betörende Falle

Thorsten Boß

Betörende Falle

Thriller

**Bibliografische Information
der Deutschen Bibliothek**

Die Deutsche Bibliothek verzeichnet
diese Publikation in der Deutschen Na-
tionalbibliografie; detaillierte bibliografische Daten sind im Internet über
http://dnb.ddb.de abrufbar.

**Coverfoto:
Solovieva Ekaterina – Fotolia.com**

**Herstellung und Verlag:
Books on Demand GmbH,
Norderstedt**

ISBN: 9783839142417

1. Kapitel

Es geschah im Morgengrauen, an einem verregneten Samstag, irgendwann im Herbst.

Simone, meine Frau war gerade mit unserem Wagen zum Markt gefahren, als es an der Wohnungstür klingelte.

Stöhnend erhob ich mich aus meinem Bett und schlürfte zur Eingangstür unserer Wohnung.

Zu meinem Erstaunen erblickte ich die junge, sehr attraktive Frau aus dem fünften Stock des Hochhauses, indem meine Frau und ich im zweiten Stock in einer angemieteten Wohnung lebten.

Ich kannte sie nur flüchtig. Nicht einmal ihren Namen wusste ich. Das sie im fünften Stock wohnte, hatte ich auch nur durch einen Zufall herausbekommen.

Vor einigen Wochen fiel eines Abends der Aufzug aus, als sie mir mit voll bepackten Taschen im Treppenhaus über den Weg lief. Natürlich bot ich mich an, ihr die Taschen bis zu ihrer Wohnungstür zu tragen. Was macht man nicht alles für eine junge, hübsche Frau. Damals bedankte sie sich artig und ich ging wieder schnell die Treppe hinunter. Nicht einmal nach ihrem Namen hatte ich sie gefragt, da ich instinkttief spürte, dass ich gefahrlief ein Abenteuer mit dieser Frau einzugehen, wenn sie mir schöne Augen machen würde. Und das wollte mein Verstand nicht. Schließlich war ich ein glücklich verheirateter Mann.

Als ich in meiner Wohnung angekommen war und nochmal in aller Ruhe über die ganze Situation nachgedacht hatte, lachte ich mich selber aus.

Ich kam zu dem Schluss, dass diese Frau einen Enddreißiger mit durchschnittlichem Aussehen, wie ich es einer war, sowieso nicht in ihre Wohnung zu einem heißen Abenteuer bitten würde. Dies war wohl eher nur ein Wunschtraum meines innersten Ich und hatte mit der Realität absolut nichts zu tun. Diese Traumfrau würde einen wie mich doch nur als Lastesel benutzen und sonst nichts von mir wollen, da war ich mir ganz sicher.

Doch nun stand diese Frau ein paar Wochen später schüchtern lächelnd vor meiner Wohnung. Was hatte dies nur zu bedeuten?

2. Kapitel

Nachdem wir einige Augenblicke lang uns schweigend gegenüber gestanden hatten ergriff die junge Frau das Wort.

„Hallo, ich heiße Michelle", sprach sie und streckte mir ihre schmale Hand entgegen.

Behutsam schüttelte ich ihre Hand. Sie war so weich und zart wie keine andere Hand, die ich je berührt hatte.

„Hallo Michelle, ich heiße Markus. Markus Schmitz, um genauer zu sein."

„Darf ich Sie duzen, Herr Schmitz? fragte sie und blickte mir dabei lächelnd in die Augen.

„Natürlich dürfen sie mich duzen", erwiderte ich wie aus der Pistole geschossen.

Ich spürte, wie meine Hormone bei ihrem Anblick wieder verrückt spielten. Wahrscheinlich hätte ich ihr auch ganz andere Dinge erlaubt, wenn sie danach gefragt hätte.

„Du bist ein verheirateter Mann, also reiß dich gefälligst zusammen!", rief ich mir in Gedanken zu.

„Ich möchte Dich nicht in Verlegenheit bringen, Markus. Wenn Du willst, gehe wieder", sagte Michelle, als ob sie meine Gedanken erraten hatte.

„Bitte gehe noch nicht. Sage mir erst weshalb Du gekommen bist, Michelle."

„Das möchte ich aber nicht hier im Treppenhaus machen."

„Dann trete doch bitte in meine bescheidene Hütte", sagte ich trat zur Seite.

Lächelnd ging Michelle an mir vorbei in meine Wohnung. Ich geleitete sie ins Wohnzimmer und bot ihr einen Platz auf der Couch an.

Während sie sich auf die Couch setzte, zog ich den Fernsehsessel in die Richtung der Couch, bis er schließlich nur noch ein paar Schritte von ihrem Platz auf der Couch entfernt war. Dann setzte ich mich in den Sessel und blickte Michelle gespannt an.

3. Kapitel

Michelle schlug ihre schlanken Beine übereinander, fuhr sich mit ihrer zarten Hand über die Haare und sprach: „Der Grund meines Besuches ist, dass ich jemandem zum Reden brauche."

„Was? Das ist alles?", sprudelte es mir heraus.

„Ja, das ist alles. Wieso hattest Du etwas anderes erwartet?", entgegnete sie und blickte mir dabei tief in die Augen.

Ich konnte ihrem Blick nicht standhalten und sah schnell zum Fenstern hinaus.

„Nein, ich habe gar nichts erwartet. Wie kommst Du denn darauf, dass ich etwas anderes erwartet hätte?"

„Das habe ich aus Deiner Reaktion auf meiner Erörterung meines Besuches herausgehört. Aber vielleicht habe ich mich ja auch geirrt."

„Ja, ganz sicher hast Du Dich geirrt. Aber sag mir doch einmal, warum Du Dich so geschwollen ausdrückst?", fragte ich und blickte sie wieder an.

„Das tue ich manchmal unbewusst. Mein Vater hat auch so geredet. Er war

Jurist. Das habe ich bestimmt von ihm geerbt", erwiderte sie lächelnd.

„Das kann sein. Das Elternhaus prägt uns natürlich sehr. Aber erzähl mir doch bitte mehr von Dir. Außer dass Du Michelle heißt, weiß ich ja noch gar nichts von Dir."

„Was möchtest Du denn hören?"

„Du könntest mir zum Beispiel Dein Alter verraten und was Du beruflich machst."

„Ich bin 21 Jahre alt. Tagsüber gehe ich in die Uni und studiere Jura und nachts arbeite ich als Prostituierte."

„Wie bitte?", fragte ich, und blickte Michelle entgeistert an.

„Ich sagte, dass ich als Prostituierte arbeite. Manche sagen auch Hure dazu. Wenn Du nicht weißt, was das ist, kann ich Dir es gerne erklären."

„Natürlich weiß ich, was eine Prostituierte so treibt. Im wahrsten Sinne des Wortes. Ich wahr nur eben so erstaunt, weil ich mir nicht vorstellen konnte, dass Du eine bist."

„Und warum konntest Du Dir das nicht vorstellen?", fragte sie und blickte mich grinsend an.

„Du siehst einfach nicht so aus, wie ich mir eine Prostituierte vorstelle."

„Und wie sieht Deiner Meinung nach eine Prostituierte aus?"

„Auf jeden Fall nicht so wie Du."

„Wenn ich Freier empfange, dann sehe ich natürlich auch ein wenig anders aus."

„Das weiß ich. Aber Dein Gesicht ist so frisch und rein. Ich habe mir eine Prostituierte immer etwas verlebter und vom Blick her härter vorgestellt."

„Erstens gehe ich noch nicht sehr lange diesem Gewerbe nach und zweitens bin ich ja auch nur eine Teilzeit-Hure."

„Wie meinst Du das?", fragte ich erstaunt.

„Na ja, das Studium hat natürlich höchste Priorität. Daher betreibe ich das Horizontale-Gewerbe nicht so professionell, wie viele andere Prostituierte."

„Meinst Du damit, dass Du nicht so häufig Freier empfängst, wie eine Vollzeit-Hure? Oder wie darf ich das sonst verstehen?"

„Das hast Du schon richtig verstanden. Im Umgang mit den Freiern bin ich inzwischen genauso ein Profi wie meine älteren Kolleginnen", entgegnete sie verschmitzt lächelnd.

„Das ist ja alles sehr interessant, aber sage mir doch bitte, worüber genau Du mit mir sprechen wolltest."

„Nun ja, ich mag zwar nach außen hin auf Dich sehr selbstbewusst und abgeklärt wirken, aber in meinem tiefsten Inneren bin ich sehr sensibel."

„Das glaube ich Dir gerne, aber das war keine Antwort auf meine Frage", erwiderte ich.

„Bei meinem Beruf als Prostituierte erlebe ich ständig Dinge, die für eine junge Frau wie mich, sehr schwer alleine zu verarbeiten sind."

„Welche Dinge genau meinst Du?", fragte ich neugierig.

„Ständig mit fremden Männern schlafen zu müssen."

„Aber das ist doch nun einmal der Hauptbestandteil dieses Berufes. Wenn Du das nicht willst, kannst Du ja auch kellern oder putzen gehen."

„Das stimmt, aber dabei verdient man nicht soviel Geld."

„Also wenn das wirklich das einzige Problem ist, das Du hast, dann empfehle ich Dir den Beruf zu wechseln. Aber ich glaube, dass Du bestimmt noch mehr Probleme hast, nicht wahr?", erwiderte ich und blickte Michelle dabei tief in ihre strahlend schönen Augen.

„Und welche Probleme sollten das Deiner Meinung nach sein?"

„Zum Beispiel abartige Sexwünsche, die Du den Freiern erfüllen musst."

„Nein, solche Dinge lehne ich strikt ab!"

„Ist das auch wirklich wahr, Michelle?"

„Ja, das ist volle Wahrheit. Ich habe es nicht nötig, so etwas zu tun, da ich auch so genug Freier habe."

„Das glaube ich Dir gern. Wer so aussieht, dem rennen bestimmt die Freier die Tür ein, nicht wahr?"

„So ist es!"

„Du erfüllst also keine speziellen Wünsche, sondern bietest nur den normalen Blümchensex an. Habe ich Dich da richtig verstanden?"

„Da hast Du mich nicht vollkommen richtig verstanden."

„Dann klär mich dich bitte auf, Michelle."

„Einige Sonderwünsche erfülle ich den Kunden schon."

Ich spürte, wie bei mir allmählich eine gewisse Erregung aufkam. Ich versuchte sie zu unterdrücken, aber alleine schon der Gedanke, mit dieser Traumfrau Sex haben zu können, versetzte mir einen derartigen Hormonstoß, dass ich Schwierigkeiten hatte, noch klar denken zu können. Und jetzt redete Sie auch noch von Sonderwünschen, die sie erfüllen würde. Das erregte mich vollends.

„Welche Sonderwünsche sind das genau, Michelle", fragte ich und versuchte dabei meine Erregung so gut es ging zu verbergen."

„Das musst Du Dir schon selber in Deiner Fantasie vorstellen. Schließlich bin ich nur zum Reden und nicht als Prostituierte hier. Ich hoffe, dass Du dies nicht vergessen hast?"

„Nein, natürlich nicht!", rief ich energisch aus und ging schnellen Schrittes in das Badezimmer.

„Dann ist ja gut", rief mir Michelle hinterher.

Normalerweise würde ich ja niemals eine fremde Frau alleine im Wohnzimmer zurücklassen, aber in diesem Fall ging es nicht anders. Ich musste erst meine Erregung loswerden. Vorher konnte und wolle ich nicht zurück zu Michelle gehen.

Ich stand vor dem Badezimmerspiegel und blickte mir in die Augen.

„Was machst du hier eigentlich? Wieso lässt du eine wildfremde Frau in die Wohnung, die sich noch dazu als Prostituierte entpuppt? Du bist ein Mann und Männern sind hormongesteuert. Selbst wenn sie sagt, dass sie keinen Sex mit dir haben will, wird sie es vielleicht doch tun. Immerhin ist sie eine Prostituierte. Das wäre zwar im ersten Moment toll, aber sobald der Hormonspiegel normal ist, wirst du es bestimmt bereuen. Immerhin bist du ein verheirateter Mann", sagte ich kaum hörbar zu mir selbst.

Nun gut, viele verheiratete Männer betrügen ihre Frauen, sonst würden die Bordelle ja nicht so gute Geschäfte machen, aber die wenigsten tun es mit Sicherheit in ihrer eigenen Wohnung.

Oh Gott, meine Frau Simone kann ja jeden Moment vom Markt zurückehren, schoss es mir mit einem Mal durch den Kopf. Wie der Blitz rannte ich in das Wohnzimmer.

Michelle saß dort noch immer auf der Couch. Nur ihre Beine hatte sie nicht mehr übereinandergeschlagen, sondern unter dem Couchtisch ausgestreckt.

„Du musst jetzt bitte gehen, Michelle", rief ich hastig.

„Jetzt sofort?", fragte sie mit einem Klang der Enttäuschung in der Stimme. Zumindest dachte ich eine solche herausgehört zu haben.

„Ja, jetzt sofort!"

„Und warum?"

„Weil meine Frau jeden Augenblick vom Markt zurückkehren kann und es wäre besser für uns beide, wenn sie Dich hier nicht antreffen würde", sagte ich bestimmt.

„Wieso denn? Wir haben doch nichts Unanständiges gemacht?"

„So naiv kannst Du doch nicht sein, Michelle. Jede Ehefrau würde bei Deinem Anblick auf der ehelichen Couch denken, dass ihr Ehemann sie mit Dir betrügt."

„Gut, wenn Du meinst, dann gehe ich jetzt", entgegnete sie und ging langsam zur Wohnungstür.

Ich folgte ihr nach. Als sie die Wohnungstür erreicht hatte, drehte sie sich nach mir um und sprach: „Darf ich nächsten Samstag um die gleiche Zeit wiederkommen?"

„Ja, das darfst Du", erwiderte ich und biss mir im gleichen Moment auf die Zunge. Es war der Verstand, der sich bei mir einschaltete und mir riet, ihr zu sagen, dass Sie nicht wieder kommen soll. Etwas anderes in mir, ich kann nicht genau sagen, was es war, hielt mich davon ab. Es war ein regelrechter Kampf, der in mir stattfand. Ich wusste nicht, was ich tun sollte.

Da Michelle in der Zwischenzeit schon längst aus meinem Blickwinkel entschwunden war, entschloss ich mich schließlich dazu, die Wohnungstür zuzumachen und die Sache zu vergessen. Zumindest bis Samstag.

4. Kapitel

Meine Frau kam ungefähr eine viertel Stunde, nachdem Michelle die Wohnung verlassen hatte, nach Hause. Ich erzählte ihr natürlich nichts von dem seltsamen Gast, der vor nicht allzu langer Zeit auf unserer Couch saß. Nein, es war besser, dass Simone nichts von meinem Treffen mit Michelle erfuhr. Außerdem war ja gar nichts passiert. Sicherlich hatte ich vorhin ein paar erotische Gedanken, in denen Michelle die Hauptrolle spielte, aber erstens waren das noch weit vom Ehebruch entfernte Gedanken und zweitens waren es ja auch nur Gedanken. Und die gehen keinen etwas an! Nicht einmal meine Frau, denn die Gedanken sind frei!

„Hallo, Du Faulpelz! Hilf mir gefälligst meine Einkäufe wegzuräumen!", rief Simone mir plötzlich zu und riss mich so aus meinen Gedanken.

Langsam trottete ich in die Richtung der Küche. Dabei flüsterte ich kaum hörbar: „Die Gedanken sind frei."

In der Küche angekommen, half ich meiner Frau die Sachen, die sie eingekauft hatte, zu verstauen. Dabei dachte ich fortwährend nur an Michelle. Was dazu führte, dass das Speiseeis im Herd und die Bananen im Tiefkühlfach landeten.

Meine Frau tadelte mich zwar, aber solange sie keinen Verdacht hegte, dass ich fortwährend mit meinen Gedanken bei einer anderen, noch dazu sehr attraktiven Frau war, bestand für mich kein Grund zur Besorgnis.

Das restliche Wochenende waren meine Gedanken allerdings auch zumeist bei Michelle. Was dazu führte, dass meine Zerstreutheit nicht weniger wurde.

Zudem hatte ich von Stunde zu Stunde immer mehr den Eindruck, dass meine Frau langsam misstrauisch wurde. Oder bildete ich mir das etwa nur ein?

5. Kapitel

Das Wochenende war vorbei und ich musste wieder zur Arbeit gehen. Ich war Bankangestellter bei einem großen, weltweit tätigen Kreditinstitut. Das Unternehmen war zwar groß, allerdings war ich war nur ein kleiner Kassierer. Aber immerhin in der Hauptgeschäftsstelle einer deutschen Großstadt. Welche Stadt und welche Bank das waren, tut hier nichts zur Sache, da die Arbeit eines Kassierers sich von Stadt zu Stadt und Bank zu Bank kaum unterscheidet.

Meine Arbeit war zwar für mich schon Routine, aber dennoch musste ich mich natürlich stets konzentrieren, da es um Geld ging und da hört bekanntlich der Spaß auf. Das gelang mir sonst auch immer, nur diese Woche war es mit meiner Konzentration nicht so weit her. Was hauptsächlich mit Michelle zu tun hatte. Denn obwohl ich es nicht wollte, so dachte ich auch während meiner Arbeit meistens an sie. Das sorgte für einige peinliche Zwischenfälle und einige unangenehme Rüffel seitens meiner Vorgesetzten.

Je länger die Arbeitswoche andauerte, umso mehr sehnte ich mir deren Ende herbei. Als es schließlich soweit war, ging ich schnellen Schrittes aus der Bank, lief zu meinem Auto, startete es und fuhr ohne Umwege nach Hause.

Dort angekommen entledigte ich mich meiner Kleider und sprang wie Gott mich erschaffen hatte ins Bett. Am liebsten wäre ich bis Samstagvormittag, genauer gesagt bis Michelle kommen würde, nicht mehr aufgestanden, doch dies ließ meine Frau nicht zu.

So verbrachte ich körperlich den Abend und die darauffolgende Nacht mit meiner Frau, geistig jedoch war ich die meiste Zeit bei Michelle.

Sehnsüchtig wartete ich am darauffolgenden Samstag darauf, dass meine Frau endlich die Wohnung verlassen würde. Als sie dies schließlich tat, wartete ich ungeduldig darauf, dass Michelle endlich kommen würde. Wie ein Tiger im Käfig ging ich im Wohnzimmer auf und ab.

Die Minuten verstrichen und es geschah nichts. Mit jeder Minute die verstrich wurde ich immer unruhiger.

Ich dachte daran, dass Michelle vielleicht gar nicht mehr kommen würde. Dieser Gedanke, war für mich schier unerträglich.

Plötzlich klingelte es dreimal. Wie der Blitz raste ich zur Wohnungstür und öffnete hastig die selbige.

Freudig erregt erblickte ich Michelle. Sie trug ein blaues, kurzes Sommerkleid und lächelte mich strahlend an.

Bei ihrem Anblick vergaß ich auch meine letzten Bedenken gegen dieses Treffen. Das war freilich nicht schwer, denn diese wurden viel zu stark von dem Wunsch dieses wunderschöne und herzerfrischende Geschöpf wieder zu sehen überlagert.

„Guten Morgen, Michelle."

„Guten Morgen, Markus."

„Komm doch bitte herein, Michele. Du kennst ja den Weg", sagte ich zu ihr und trat zur Seite."

„Ja gerne, Markus", erwiderte sie und schwebte feengleich in das Wohnzimmer.

Nun ja, feengleich stimmt wahrscheinlich nicht ganz. Eher ging sie in einem federnden Gang. Aber mir kam sie an diesem Morgen wirklich wie eine Fee aus einer Märchenwelt vor, die in mein Wohnzimmer schwebte.

Nachdem sie sich wieder auf die Couch gesetzt hatte, wechselten wir ein paar belanglose Worte. Dann übernahm Michelle die Gesprächsführung.

„Ich habe bei unserem letzten Gespräch schon sehr viel über mich preisgegeben. Über Dich weiß ich aber so gut wie gar nichts. Jetzt bist Du einmal an der Reihe etwas über Dich zu erzählen", sagte sie.

Dabei lächelte sie zwar, aber ihre Stimme war energischer und bestimmender als ich es von ihr bisher gewohnt war. Oder bildete ich mir das nur ein?

Ich kam zu dem Schluss, dass ich es mir nur eingebildet hatte und dachte daher nicht mehr darüber nach.

Stattdessen sprach ich: „In Ordnung, Michelle, was möchtest Du denn von mir wissen?"

„Erzähl mir doch bitte etwas von Deiner Arbeit."

„Du möchtest, dass ich Dir etwas von meiner Arbeit erzähle?", fragte ich überrascht.

„Ja, genau! Oder bist Du etwa arbeitslos?"

„Nein, das bin ich nicht."

„Na also, dann kannst Du mir ja etwas von Deiner Arbeit erzählen. Oder willst Du nicht darüber sprechen?", fragte sie und blickte mir dabei tief in die Augen.

„Selbstverständlich kann ich Dir etwas über meine Arbeit erzählen. Ich war nur im ersten Moment ein wenig überrascht darüber, dass Du Dir gerade so ein Thema für unser Gespräch ausgesucht hast."

„Und weshalb ist das für Dich so überraschend?"

„Nun ja, erstens ist meine Arbeit nicht sehr spannend und zweitens dachte ich, dass Du etwas über Dich erzählen wolltest. Deswegen hast Du mich ja letzte Woche aufgesucht."

„Das ist zwar richtig. Aber bevor ich noch mehr von mir preisgebe, möchte ich erst einmal etwas über Dich erfahren, Markus. Ob Dein Berufsleben für mich spannend ist oder nicht, das kann ich erst beurteilen, wenn Du mir etwas darüber erzählst."

„Also gut, Du willst es ja nicht anders.", sagte ich und fing an etwas über meinen Berufsalltag als Kassierer zu erzählen.

Michelle hörte mir zu meiner Überraschung sehr interessiert zu. Ja sie stellte ab und zu sogar einige Fragen.

Als ich nach einiger Zeit mit meinem Vortrag, denn zu einem solchen waren meine Ausführungen über meinen Alltag in der Bank mittlerweile geworden, aufhören wollte, sah sie mich mit ihren wunderschönen Augen treuherzig an und bat mich inständig weiter reden.

Ich hatte eigentlich keine Lust mehr von meinem Berufsalltag in der Bank zu berichten, aber Michelle zu Liebe tat ich es doch.

Erst als ich befürchtete, dass meine Frau jeden Augenblick zur Tür rein kommen könnte, brach ich meinen Vortrag ab.

„Warum hörst Du denn mit dem reden auf Markus?", fragte mich Michelle mit einem enttäuschend Ausdruck in ihrem Gesicht.

„Weil meine Frau jeden Moment wieder kommen kann."

„Ach so, deswegen hast Du nicht mehr weiter erzählt. Das kann ich natürlich verstehen. Es wäre wirklich nicht gut, wenn Sie mich hier auf der Couch antreffen würde, nicht wahr Markus?"

„Nein, das wäre wirklich nicht gut, Michelle. Und deswegen musst Du jetzt auch die Wohnung verlassen", sagte ich energisch.

„Aber nächste Woche sehen wird uns doch wieder, nicht wahr Markus?", fragte sie mich und gab mir einen Kuss auf die Wange.

Als ich darauf nicht gleich antwortete, streichelte sie sanft mit ihren zarten Händen über meine erröteten Wangen und blickte mich dabei sanft lächelnd an.

Ich war zwar ein wenig enttäuscht, da ich mir den Ablauf unseres Treffens ganz anders ausgemalt hatte, aber da ich Michelles Charme einfach nicht widerstehen konnte, sagte ich ihr, dass sie nächsten Samstag um die gleiche Zeit wieder zu mir kommen könnte.

Kaum hatte ich das ausgesprochen, da küsste mich Michelle zum Abschied zärtlich auf die Wange und entschwand dann mit ihrem feenhaften Gang aus der Wohnung.

6. Kapitel

Das Treffen mit Michelle war zwar nicht so verlaufen, wie ich es mir vorgestellt hatte, dennoch war meine Sehnsucht nach ihr schon nach kurzer Zeit nachdem sie die Wohnung verlassen hatte wieder sehr groß geworden.

Bevor meine Frau wieder vom Einkauf zurückkehrte, nahm ich mir dennoch fest vor, dieses Wochenende nicht mehr nur an Michelle zu denken.

Dieses Vorhaben gelang mir nur zum Teil. Aber zumindest war ich nicht mehr so unkonzentriert wie letztes Wochenende und das war ja schließlich die Hauptsache. Denn so schöpfte sie bestimmt keinen Verdacht, dass ich mit meinen Gedanken zumeist bei einer anderen Frau war. Das dachte ich zumindest.

Das Wochenende ging von kleineren Missgeschicken einmal abgesehen, ohne besondere Zwischenfälle über die Bühne und so konnte ich mich einigermaßen von der ziemlich chaotischen letzten Arbeitswoche erholen.

Während der darauf folgenden Arbeitswoche war ich daher in der Lage,

trotz meiner fortwährenden Gedanken-
abwesenheit, meine Arbeit ohne große
Fehler zu erledigen.

Als der Samstagmorgen nahte, nahm
ich mir fest vor, diesmal nicht wieder
den Alleinunterhalter zu spielen. Diesmal sollte Michelle wieder mehr von
sich preisgeben, dass zumindest wahr
mein Wunsch.

Nachdem Michelle in meiner Wohnung eingetroffen war, lief zunächst
alles wunschgemäß ab. Sie erzählte ein
wenig über ihr aufregendes Leben als
Teilzeit-Hure und ich hörte ihr gespannt
zu. Doch schon nach kurzer Zeit gab sie
Stück für Stück die Rednerolle an mich
ab, bis ich schließlich wieder der alleini-
ge Redner war.

Michelle war jetzt nur noch der Fra-
gensteller. Ihre Fragen drehten sich zumeist wieder nur um meinen Arbeitsalltag bei der Bank. Das Gespräch lief jetzt
wieder genau so ab, wie ich es gerade
nicht haben wollte.

Immer wieder unternahm ich zaghafte
Versuche, dass Gespräch in andere Bah-
nen zu lenken. Doch jedesmal wehrte
Michelle diese Versuche mit ihren weib-
lichen Reizen ab. Das verstand Michelle

meisterhaft. Mal rekelte sie sich lasziv auf dem Sofa, ein anderes Mal machte sie mir schöne Augen. Wenn dies auch nichts half, dann streichelte sie mir mit ihren zarten Händen sanft über die Wangen. Ihre beste Waffe war aber die Nackenmassage. Die setzte sie als letztes Mittel ein. Dies alles funktionierte bei mir so gut, dass ich auch dieses Mal so lange von meinem Arbeitsalltag erzählte, bis Michelle wieder gegangen war.

Die nächsten Samstagvormittage verliefen genau nach diesem Schema ab. Der einzige Unterschied war nur, dass ich von Treffen zu Treffen immer mehr Dinge über den Arbeitsalltag bei der Bank erzählte, die Außenstehende eigentlich nicht erfahren durften. Es waren sicherheitsrelevante Sachen, die ich auf gar keinen Fall preisgeben durfte.

Weshalb ich es trotzdem Tat, war eigentlich nur damit zu erklären, dass meine Sinne voll und ganz von dieser jungen, hübschen und charmanten Frau vernebelt wurden.

7. Kapitel

Die Treffen mit Michelle waren für mich inzwischen zur Gewohnheit geworden. Zudem erlosch von Treffen zu Treffen meine Begierde zu Michelle immer ein wenig mehr.

Am Anfang unseres elften oder zwölften Treffens, so genau weiß ich das nicht mehr, da ich über unsere Treffen kein Tagebuch geführt hatte, bat ich Michelle schließlich nicht mehr zu kommen.

Sie nahm das gelassener auf als ich gedacht hatte.

„In Ordnung, Markus. Wenn Du es so möchtest, dann werde ich von nun an Dich nicht mehr besuchen", sprach sie ruhig.

„Du nimmst das aber gelassen auf."

„Wieso sagst Du das, hattest Du etwa erwartet, dass ich Dir eine Szene mache?"

„Nein, das nicht. Aber ich hatte gedacht, dass Du ein wenig traurig darüber bist, dass wir uns nicht mehr sehen werden. Aber das Du das Ganze so gelassen aufnimmst, hätte ich wirklich nicht erwartet."

„Im Moment bin ich wirklich nicht über Deine Entscheidung, dass Du mich nicht mehr sehen willst, traurig. Das liegt aber vielleicht auch daran, dass wir ja noch ein Treffen haben, das wir zum Reden nutzen können. Die Traurigkeit kommt bei mir wahrscheinlich erst, wenn ich alleine in meiner Wohnung bin und noch einmal über alles in Ruhe nachdenke."

„Ja, Du hast recht. Dieses Treffen bleibt uns noch zum Reden. Nur über was sollen wir denn noch reden? Meiner Meinung nach haben wir uns alles gesagt, da wir von nun an ja wieder getrennte Wege gehen werden."

„Es wäre schön, wenn Du mir alle Dinge, die Du mir noch nicht über Deinen Arbeitsalltag bei der Bank erzählt hast, nun erzählen würdest."

„Dazu habe ich aber wirklich keine Lust, Michelle!", erwiderte ich energisch kopfschüttelnd.

„Auch dann nicht, wenn ich Dich ganz lieb darum bitten würde, Markus?"

„Nein, auch dann nicht, Michelle!"

„Pass auf, Markus! Wir machen einen Deal, ja? Ich massiere Dir so liebevoll wie ich nur kann, Deinen verspannten

Nacken und Du erzählst mir währenddessen von den Dingen aus Deinem Arbeitsalltag bei der Bank, die Du mir bisher noch nicht erzählst hast. Na, wie findest Du das Markus?", sprach sie und blickte mich dabei mit ihrem schönsten Lächeln, dass sie besaß, an.

„Warum willst Du denn, dass ich Dir fortwährend von meinem Arbeitsalltag erzähle?"

„Weil ich Deinen Arbeitsalltag ungemein spannend finde, Markus."

„Ist das auch wirklich der einzige Grund Michelle?", fragte ich und blickte ihr dabei tief in die Augen.

Michelle erwiderte nicht meinen Blick. Stattdessen stand sie auf, ging mit ihrem elfenhaften Gang an mir vorbei und stellte sich schließlich dicht hinter mich.

„Was soll das werden, Michelle?", fragte ich mit einem leicht angesäuerten Unterton in der Stimme.

„Denk nicht so viel nach, davon bekommst Du nur Kopfschmerzen. Entspanne Dich lieber", hauchte sie mir mit sanfter Stimme ins Ohr.

Kurz darauf spürte ich ihre zarten Hände an meinem Nacken.

Im ersten Moment wollte ich ihr sagen, dass sie dies gefälligst lassen sollte. Doch statt erboster Worte schnurrte ich wie ein kleines glückliches Kätzchen, dass man gerade kraulte.

Michelle hatte es wieder einmal geschafft. Ich schaltete meinen Verstand aus und war nun wie Wachs in ihren Händen.

Im weiteren Verlauf unseres Treffens schaffte sie es spielend, mir die Dinge zu entlockenden, die sie hören wollte.

Vielleicht hätte sie es sogar geschafft, mich zu einem weiteren Treffen mit ihr zu überreden, doch das tat sie nicht.

Stattdessen verabschiedete sie sich von mir und wünschte mir viel Glück für meine Zukunft.

Nachdem ich ihr auch alles Gute gewünscht hatte, schloss ich die Wohnungstür ab und legte mich auf die Couch.

Meine Gedanken waren an diesem Samstag noch sehr lange bei Michelle.

Am Sonntag beschloss ich mich nun nicht nur körperlich sondern auch endgültig gedanklich von Michelle zu lösen. Deshalb unternahm ich mit meiner Frau einen Auslug ins Grüne, bei dem ich versuchte, nicht mehr an Michelle zu denken. Dies gelang mir auch einigermaßen.

Am Abend ging ich zufrieden ins Bett und war der festen Überzeugung, dass ich mich nun endgültig von Michelle geistig gelöst hatte.

8. Kapitel

Die Nacht hatte ich sehr gut geschlafen und so ging ich, nachdem ich mich von meiner Frau verabschiedet hatte, ausgeruht und frohen Mutes aus der Wohnung.

Als die Wohnungstür ins Schloss fiel trat plötzlich zu meiner großen Überraschung Michelle aus einer dunklen Ecke des Hausflures und ging langsam auf mich zu.

Ihr Gang war diesmal nicht so feenhaft wie sonst, das fiel mir sofort auf.

„Was machst Du denn hier?"   , rief ich überrascht aus.

„Sei bloß leise, Markus, oder willst Du etwa, dass Deine Frau uns beide zusammen sieht?", entgegnete sie blitzschnell.

„Nein, natürlich will ich das nicht" flüsterte ich.

„Dann komm mit mir", erwiderte sie kaum hörbar und huschte die Treppe hinauf.

Ich folgte ihr seufzend, bis ich schließlich in Michelles Wohnung stand.

Vorhin auf dem schummrigen Hausflur hatte ich Michelles Gesicht nur schemenhaft sehen können. Jetzt aber, in der tageslichtdurchfluteten Wohnung, bemerkte ich sofort, dass sie verändert aussah. Beim näheren Betrachten ihres Gesichtes fiel mir auf, dass es kreidebleich war. Zudem waren ihre Augen glasig und sie zitterte am ganzen Leib, als ob sie frieren würde.

„Was ist denn mit Dir los?", fragte ich besorgt.

„Ein Freier hat mich vergewaltigt", sprach Michelle kaum hörbar.

„Mein Gott, das ist ja schrecklich!", entgegnete ich und wollte sie tröstend in die Arme nehmen.

„Nein, berühre mich bitte nicht, Markus", schluchzte Michelle und wandte sich von mir ab.

„Ist ja schon gut, Michelle. Ich wollte Dich doch nur trösten", sprach ich ruhig.

„Das ist nett von Dir, Markus. Doch noch bin ich nicht dazu in der Verfassung, um mich von Männern berühren zu lassen."

„Das verstehe ich natürlich, Michelle", wie aber kann ich Dir denn sonst helfen?"

„Die hilfst mir am besten, wenn Du Dich auf die Couch setzt und einfach nur da bist."

„Aber das geht doch nicht, Michelle."

„So und warum nicht?"

„Weil ich zur Arbeit gehen muss."

„Dann nimm Dir doch für heute frei."

„So einfach geht das nicht."

„Dann rufe bitte in der Bank an und sage, dass Du krank geworden bist."

„Hast Du denn sonst niemanden, der jetzt bei Dir sein kann?"

„Nein, Du bist der einzige, der im Moment bei mir sein kann."

Seufzend setzte ich mich auf die Couch und sah nervös auf meine Armbanduhr. Als die Zeit gekommen war, zu der die ersten Kollegen in der Bank eintrafen, zog ich mein Handy aus der Tasche und rief bei meiner Bank an. Der Kollegin, die das Gespräch angenommen hatte, teilte ich mit, dass ich nicht zur Arbeit kommen könnte, da ich übers Wochenende krank geworden sei.

Michelle hatte sich in der Zwischenzeit neben mich gesetzt.

In der Folgezeit saßen wir wie angewurzelt auf dem Sofa und wechselten kein Wort miteinander.

„Möchtest Du ein Glas mit Orangensaft trinken, Markus?", fragte mich Michelle nach einiger Zeit und durchbrach so die Stille.

„Sehr gerne, Michelle. Vitamine kann man immer gebrauchen", entgegnete ich.

Sofort stand Michelle auf und ging in die Küche.

Nach einiger Zeit kam sie mit einem Glas, das bis zum Rand mit Orangensaft gefüllt war, zurück.

„Hier bitte, Markus", sagte Michelle und drückte mir das Glas in die Hand.

Ich bedanke mich und nahm dann einen kräftigen Schluck.

„Bist Du sicher, dass der Saft noch in Ordnung ist, Michelle?", fragte ich, da der Orangensaft einen eigenartigen Nachgeschmack hatte.

„Ja, da bin ich mir ganz sicher", entgegnete Michelle schnell.

Da ich Michelle in ihrer schlimmen Verfassung nicht verärgern wollte, trank ich den Orangensaft trotz seines seltsamen Geschmackes brav aus.

Als ich den letzten Schluck zu mir genommen hatte, stand Michelle von der Couch auf, nahm mir das leere Glas ab und ging schnellen Schrittes in die Küche.

Ich wartete darauf, dass sie zurückkommen würde. Doch sie kam und kam nicht zurück. Während ich auf Michelle wartete, wurde ich von Minute zu Minute immer müder.

Als Michelle nach einiger Zeit immer noch nicht wieder kam, wollte ich nach ihr schauen. Doch kaum war ich aufgestanden, da sackten mir vor Müdigkeit die Beine weg. Mit letzter Kraft schmiss ich mich auf die Couch und schlief im nächsten Augenblick ein.

9. Kapitel

Ganz allmählich kam ich wieder zu mir. Mein Schädel dröhnte, als ob ich vor kurzem eine ausgedehnte Zechtour gemacht hätte. Nur ganz langsam lichtete sich der Schleier vor meinen Augen.

Mit voller Montur lag ich auf Michelles Sofa. Aus einem Radio dröhnte in voller Lautstärke Popmusik durch das Wohnzimmer. Die laute Musik empfand ich in meiner Situation als höchst unangenehm.

Am liebsten wäre ich daher sofort aufgestanden und hätte das verfluchte Radio ausgestellt. Doch dazu fehlte mir noch die Kraft.

Ich wusste nicht genau, wie lange ich geschlafen hatte, da es draußen aber noch taghell war, nahm ich im ersten Moment an, dass es höchstens nur einige Stunden waren, die ich tief und fest geschlummert hatte.

Doch im nächsten Augenblick dachte ich daran, dass es sich ja auch um das Tageslicht des nächsten Tages handeln könnte, das dass Wohnzimmer erhellte.

Wie ich so dalag und darüber grübelte, wie lange ich denn nun geschlafen hatte, hörte die Musik plötzlich auf zu spielen und der Nachrichtensprecher des hiesigen Lokalsenders verlas die aktuellen Nachrichten des Tages.

Da er das Datum des Tages nannte, stellte ich zu meiner Erleichterung fest, dass es noch immer derselbe Tag war, an dem ich auf Michelles Couch eingeschlafen war. Somit war klar, dass ich nur einige Stunden geschlafen hatte.

Doch meine Erleichterung hielt leider nicht sehr lange an. Sie war schon mit der ersten Nachricht, die der Nachrichtensprecher verlas, wie weggeblasen. Denn in dieser Nachricht teilte er mit, dass die Hauptgeschäftsstelle meiner Bank am heutigen Vormittag überfallen worden war. Desweiteren weiteren berichtete er, dass die Täter nach Angaben der Polizei über Insiderwissen verfügt haben mussten, da sie über Dinge bescheid wussten, die kein Außenstehender wissen konnte.

Diese Nachricht fegte nicht nur meine Erleichterung wie ein Blatt im Wind weg. Nein, sie ließ mir buchstäblich das Blut in meinen Adern gefrieren. Diese

Nachricht war ein so großer Schock für mich, dass all meine Schmerzen mit einem Mal wie weggeblasen waren.

Fassungslos saß ich auf der Couch und starrte die Wand an. Einige Momente dauerte dieser Zustand an, dann sprang ich wie von der Tarantel gestochen auf und rannte durch alle Räume der Wohnung. Ich hoffte Michelle irgendwo in der Wohnung anzutreffen. Diese Hoffnung wurde jedoch mit jedem Raum, in dem ich sie nicht antraf, kleiner. Langsam dämmerte es mir, dass sie höchstwahrscheinlich ausgeflogen war.

Als ich zu guter letzt das Schlafzimmer betrat, fiel mein Blick sofort auf einen großen Zettel, der auf dem Bett lag.

Im nächsten Moment stand ich schon neben dem Bett und ergriff hastig den Zettel. Mit zittrigen Fingern hob ich ihn soweit in die Höhe, bis ich den Text lesen konnte.

Was dort geschrieben stand trieb mir den Angstschweiß auf die Stirn. Zugleich stieg jedoch auch unbändige Wut in mir hoch. Denn nun kapierte ich endlich, dass ich die ganze Zeit von Michelle reingelegt wurde. Allerdings war mir auch sofort klar, dass mein freigiebiges preisgeben interner Bankgeheimnisse weitreichende Konsequenzen für mich haben würde, falls dies rauskommen würde. Ich hatte zwar zu keinem Zeitpunkt geahnt, dass man mich nur aushorchen wollte, um meinen Arbeitgeber zu überfallen. Aber erstens war dieses nur schwer zu beweisen und zweitens schützt Unwissenheit nicht vor Strafe.

Instinktiv rannte ich so schnell ich konnte aus der Wohnung hinaus. Ich wollte erst einmal nur noch weg von hier. Vor der Wohnungstür stieß ich mit einer Person zusammen, die im Dämmerlicht des fensterlosen Flures stand. Dabei glitt mir der Zettel mit Michelles Botschaft aus der Hand.

Auf einmal hörte ich ein Klickgeräusch und das Licht ging an. Vor mir stand eine ältere Dame, die mich mit ihren grünen Augen misstrauisch anblickte. Der Zettel mit Michelles Botschaft lag genau vor ihren Füßen.

Mit einer für ihr Alter erstaunlichen Beweglichkeit bückte sich die ältere Dame nach dem Zettel und hielt ihn sich dicht die Augen.

„Vielen Dank für alles! Deine Michelle", las sie im nächsten Moment die Worte vom Zettel laut und deutlich vor.

„Wer ist Michelle?", fragte sie mit einem Mal wie aus der Pistole geschossen.

„Das geht Sie gar nichts an!", erwiderte ich barsch.

„So, meinen Sie? Dann sagen Sie mir doch bitte, woher Sie die Kaufmanns kennen?", fragte sie und schaute mich mit strengem Blick an.

„Was für Kaufmanns?", sprudelte es aus mir heraus.

„So, Sie kennen also die Kaufmanns nicht?"

„Muss man die denn kennen?"

„Man muss die Kaufmanns nicht unbedingt kennen, wer allerdings aus ihrer Wohnung kommt, wie Sie zum Beispiel, derjenige sollte die Kaufmanns allerdings kennen."

„Ich kenne nur eine Dame die hier wohnt. Und die nennt sich Michelle."

„Ist das die Dame, die denn Zettel verfasst hat, den ich in den Händen halte?"

„Ja genau, von ihr stammt dieser Zettel. Würden Sie bitte so freundlich sein und ihn mir zurückgeben", sagte ich und griff nach dem Zettel.

„Nicht so hastig, mein junger Freund", entgegnete die ältere Dame und steckte den Zettel geschwind in ihre Hosentasche.

„Was soll das? Wieso wollen Sie mir den Zettel nicht wiedergeben?", fragte ich erbost.

„Weil Sie mir erst noch ein paar Erklärungen schuldig sind!"

„Wieso das denn?"

„Zum Beispiel weil keiner der beiden Kaufmanns, die in der Wohnung seit ewigen Zeiten leben, Michelle heißt."

„Vielleicht haben sie ja eine Tochter die so heißt."

„Nein, die beiden sind kinderlos."

„Woher wollen Sie das denn so genau wissen?"

„Weil ich die beiden seit meiner Schulzeit kenne!"

Der letzte Satz der älteren Dame hatte mich Schachmatt gesetzt. Mit Worten konnte ich dieses Duell nicht mehr gewinnen, dass war mir nun vollkommen klar. Da ich auf gar keinen Fall Gewalt anwenden wollte, beschloss ich, mich kooperativ zu zeigen.

„Also gut, ich gebe mich geschlagen. Was wollen Sie denn von mir hören?"

„Wie wäre es denn, wenn Sie mir zur Abwechslung einmal die Wahrheit erzählen würden?"
„Ich habe sie bisher auch nicht angelogen."
„So das haben Sie das nicht? Ich muss Ihnen aber ehrlich sagen, dass ich genau diesen Eindruck hatte."

„Da irren Sie sich, meine Dame!"

„Das glaube ich nicht!", erwiderte die ältere Dame energisch.

„Ich weiß, dass meine bisherigen Ausführungen den Eindruck auf sie machen mussten, dass ich nicht die Wahrheit gesagt habe, aber auch aus meiner Sicht war es die Wahrheit, das müssen Sie mir bitte glauben", sprach ich und sah die Dame flehend an.

„Das klingt etwas verworren."

„Ja, das gebe ich ja zu. Aber trotzdem stimmt es."

„Das Beste wird sein, dass Sie mir alles erklären."

„In Ordnung, das mache ich. Allerdings nicht hier auf dem Hausflur."

„Sie glauben doch nicht allen Ernstes, dass ich mit Ihnen in meine Wohnung oder die der Kaufmanns gehen werde?"

„Wieso denn nicht? Ich bin schließlich kein Verbrecher!", erwiderte ich.

„Das weiß ich eben nicht!"

„Sehe ich etwa wie einer aus?"

„Wie sieht denn ein Verbrecher aus?"

„Das weiß ich auch nicht."

„Das können Sie auch nicht wissen, da es dass typische Verbrechergesicht nicht gibt. Daher könnte jeder vom Gesicht her ein Verbrecher sein."

„Wenn ich es mir recht überlege ist da schon etwas Wahres dran."

„Schön, dass sie es einsehen. Können Sie jetzt verstehen, dass ich mit ihnen nicht alleine in eine Wohnung gehen möchte?"

„Ja, das kann jetzt nachvollziehen. Aber ich möchte, dass keine weitere Person meine Ausführungen über die ganze Sache mit Michelle hört."

„Wissen Sie was? Sie laden mich jetzt zu einer schönen heißen Tasse heißen Kaffee und einem leckeren Stück Kuchen ein und während ich esse und trinke, erzählen Sie mir alles. Na, wie wäre das, junger Mann?"

„In welches Café sollen wir denn gehen?"

„Ins Café Meier. Das ist ganz in der Nähe von hier. Selbst ich schaffe die Strecke zu Fuß in ein paar Minuten."

„Aber dort sind doch bestimmt um diese Zeit unheimlich viele Menschen. Genau das wollte ich doch vermeiden."

„Dort sind zwar im Moment wahrscheinlich wirklich sehr viele Gäste, aber die scheren sich nicht im Geringsten um die anderen Leute, die sich an den anderen Tischen befinden. Entweder schnattern die mit ihren Bekannten am Tisch, oder sie blicken ausdruckslos in der Gegend herum. Wenn sie etwas zu essen oder zu trinken vor sich haben, dann kann es auch vorkommen, dass sie darauf starren. Manche von denen haben auch etwas zu lesen mitgebracht und sind mit ihrer Lektüre beschäftigt. Es mag zwar ab und an vorkommen, dass einer von diesen Herrschaften einen anschaut, aber unser Gespräch belauschen die mit Sicherheit nicht", sprach sie ruhig und bedacht.

„Na wenn Sie es sagen, dann wird es wohl stimmen."

„Ja, es stimmt! Und deshalb gehen wir jetzt in das Café Meier!", sagte sie in einem Befehlston.

„Also gut, dann gehen wir beide jetzt dorthin", erwiderte ich seufzend.

10. Kapitel

Während ich mit der älteren Dame zu dem Café Meier ging, sagte ich kein Wort. Stattdessen ging ich gesenkten Hauptes an der Seite meiner Begleiterin und dachte darüber nach, wieso ich mich von Michelle habe aushorchen lassen.

Je länger ich darüber nachdachte, umso mehr wuchs in mir die Erkenntnis, dass ich einfältig und naiv gehandelt hatte.

Ich wurde von Minute zu Minute wütender auf mich selbst und schämte mich für mein handeln. Mit meiner Nasenspitze berührte ich nun fast schon den Boden.

Die ältere Dame sagte unterdessen kein Wort. Sie schien zu merken, dass ich Zeit zum nachdenken brauchte.

Als wir im Café Meier angekommen waren, steuerte die ältere Dame mit erstaunlicher Behändigkeit direkt auf einen der wenigen freien Tische im hinteren Teil des Cafés zu und setzte sich auf einen gut gepolsterten Stuhl, der in Griffweite des Tisches stand.

Ich trottete mit ernster Miene, aber nicht mehr gesenktem Haupt hinterher.

Am liebsten wäre ich zwar im Boden des Cafés versunken, so sehr schämte ich mich, aber das wollte ich vor den Leuten nicht zeigen. Daher nahm ich meinen Kopf hoch und schaute so selbstbewusst wie ich konnte.

Seufzend setzte ich mich auf einen Stuhl direkt neben der älteren Dame und blickte sie von der Seite an.

Die Dame schien gedankenversunken in die Speisekarte zu schauen.

„Es war sehr geschickt von Ihnen, dass Sie sich direkt neben mich gesetzt haben", sagte sie plötzlich, ohne von der Karte aufzuschauen.

„Wieso das denn?"

„Weil wir uns jetzt sehr leise miteinander unterhalten können, was sonst nicht der Fall gewesen wäre."

„Ja, das stimmt. Aber ehrlich gesagt, habe mich ohne großartig darüber nachzudenken, neben Sie gesetzt. Dieser Gedanke war mir gar nicht gekommen."

„Dann haben Sie instinktiv richtig gehandelt. Im Grunde genommen ist es ja auch egal, warum sie dort sitzen, die Hauptsache ist, dass Sie es tun."

„Und wie soll es nun Ihrer Meinung nach weiter gehen?", fragte ich und beäugte die anderen Gäste des Cafés misstrauisch.

„Ich werde mir jetzt ein leckeres Stück Schwarzwälderkirschtorte und einen Milchkaffee bestellen und Sie können sich währenddessen noch einmal in sich gehen. Sobald die Torte und der Kaffee vor mir stehen, werde ich mir die Dinge schmecken lassen. Sie werden mir währenddessen berichten, warum Sie in die Wohnung der Kaufmanns eingedrungen sind, aber diesmal wahrheitsgemäß!", erwiderte die ältere Dame in einem Befehlston, der jedem Feldwebel bei der Bundeswehr gut zu Gesicht gestanden hätte.

„Da haben Sie die Aufgaben ja wirklich sehr gerecht verteilt", erwiderte ich ironisch.

Die Dame nickte mir verschmitzt lächelnd zu.

Im nächsten Augenblick jedoch sah sie mich wieder ernst an.

„Ich hoffe, dass Sie mich richtig verstanden haben. Ich will von Ihnen die Wahrheit hören und sonst nichts. Ist das klar?"

Ich nickte seufzend.

Für einige Minuten war ich nur ein Zuschauer der Ereignisse die nun folgten. Wenn man eine Torten- und Kaffeebestellung und das Bringen der bestellten Dinge als solche überhaupt titulieren kann.

Als die ältere Dame jedoch damit begann genussvoll die Torte zu verspeisen, wechselte ich zwangsweise von der Zuschauerrolle in die Rolle des Erzählers.

Sicherlich konnte mich die ältere Dame in diesem Moment nicht wirklich dazu zwingen, meine seltsamen Erlebnisse mit Michelle ihr wahrheitsgemäß zu erzählen, aber irgendwie hatte ich das Gefühl, dass es in dieser für mich verfahrenen Situation das Beste wäre. Und so erzählte ich ihr die ganze Geschichte mit Michelle. Nur die pikantesten Details aus Michelles Tätigkeit als Prostituierte ließ ich weg. Obwohl mir inzwischen sehr wohl klar war, dass höchstwahrscheinlich alles oder zumindest das Meiste davon gelogen war.

Die ältere Dame hörte mir die ganze Zeit aufmerksam zu.

Als ich fertig mit meinen Ausführungen war, rief sie die Bedienung zu uns an den

Tisch, bezahlte die Rechnung und stand von ihrem Stuhl auf.

„Wir gehen jetzt an die frische Luft. Dort sage ich Ihnen dann, wie wir jetzt vorgehen werden", sagte sie zu mir in ihrer Feldwebelart.

Ich nickte und trottete wie ein treuer Dackel hinter der älteren Dame her.

11. Kapitel

Nachdem die ältere Dame das Café verlassen hatte, ging sie nach ein paar Metern auf einen schummrigen Hinterhof, der zu diesem Zeitpunkt menschenleer war.

Ich folgte ihr auf dem Fuß. An der hintersten Ecke des Hofes, die zugleich auch die dunkelste Stelle des gesamten Hofes war, blieb sie stehen und drehte sich zu mir um.

„Sie haben sich wirklich wie ein Blödmann verhalten", polterte sie plötzlich los.

„Das weiß ich selber", erwiderte ich.

„Das ist gut. Selbsterkenntnis ist schließlich der erste Weg zur Besserung. Allerdings kommt Ihnen diese Erkenntnis reichlich spät."

„Ja, wahrscheinlich zu spät", seufzte ich.

„Das wird sich noch zeigen."

„Wie meine Sie denn das?"

„Ich meine damit, dass bis jetzt für Sie noch nichts verloren ist.

„Sie meinen, dass ich noch eine Chance habe, unbeschadet aus dieser verflixten Sache herauszukommen?", fragte ich erstaunt.

„Ganz genau, das meine ich! Allerdings auch nur dann, wenn Sie von nun an genau das tun, was ich Ihnen sage!"

„Und das wäre?"

„Zunächst einmal gehen sie sofort zu ihrem Hausarzt und lassen sich krankschreiben, am besten die ganze Woche."

„So einfach ist das aber nicht."

„Natürlich ist es das. Sie müssen nur ein wenig schauspielern. Das werden Sie doch wohl können. Nehmen Sie sich ein Beispiel an Michelle, oder wie auch immer die Dame heißen mag. Die konnte meisterhaft schauspielern."

„Also gut, ich werde es versuchen. Und wie soll es weitergehen, wenn ich das Attest von meinem Hausarzt bekommen habe?"

„Dann schicken Sie es sofort ihrem Arbeitgeber und der Krankenkasse natürlich auch. Wenn das geschehen ist, legen Sie sich ins Bett und harren der Dinge, die da kommen mögen."

„Die Polizei wird sehr wahrscheinlich kommen."

„Das könnte sein. Aber das kein Problem, da sie ja ein Alibi haben."

„So? Davon wusste ich ja noch gar nichts."

„Das konnten sie auch nicht wissen, da es mir ja auch gerade erst eingefallen ist."

„Und was bitte schön ist mein Alibi?"

„Nicht was, sondern wer muss Ihre Frage lauten."

„Na schön, dann frage ich Sie eben, wer mein Alibi sein soll."

„Ich, Erna Zimmermann, bin ihr Alibi."

„Was, Sie sind mein Alibi?", fragte ich ungläubig.

„Ja, genau so ist!"

Eine Frau deren Namen ich eben erst erfahren hatte, sollte also mein Ausweg aus dieser ganzen Misere sein? Zumindest sagte das Erna Zimmermann. Ich für meinen Teil hatte da so meine Zweifel.

Dennoch tat ich genau das, was mir Erna Zimmermann gewissermaßen befohlen hatte. Und es klappte tatsächlich. Die Polizei hatte mich zwar zunächst im Verdacht, da mir aber Erna Zimmermann ein wasserdichtes Alibi lieferte, ließ sie diesen Verdacht ziemlich schnell wieder fallen.

Mein Leben ging ab diesem Zeitpunkt wieder den gewohnten Gang. Allerdings verlangte Erna Zimmermann als Gegenleistung für ihr Schweigen, dass ich sie jeden Samstagvormittag besuchen sollte. Und zwar unverzüglich nachdem meine Frau die Wohnung verlassen hatte und zum Markt fuhr. So wie Michelle es bei mir getan hatte.

Ich tat dies zunächst mit Widerwillen. Dieser legte sich jedoch mit der Zeit. Denn Erna Zimmermann war eine sehr kluge und charmante Frau und sie hatte viel zu erzählen. Zudem war ich bei ihr ziemlich sicher, dass sie mir die Wahrheit erzählte. Doch das war mir im Grunde gar nicht so wichtig. Denn was ist schon die Wahrheit?
Ich glaube, dass es manchmal besser für einen ist, wenn man nicht die ganze Wahrheit kennt.

Ich glaube, dass es nicht wichtig ist, ob es die Wahrheit oder die Unwahrheit ist, die man über etwas oder jemanden weiß, sondern ob es gut oder schlecht für einen selbst oder die anderen Menschen ist, was man erfährt.

Diese Frau hatte dafür gesorgt, dass ich sehr gut weiterleben konnte, mit dem was meine Mitmenschen über meinen Tagesablauf während des Banküberfalls erfahren hatten. Daher hatte ich ihr sehr viel zu verdanken und das war die Hauptsache für mich.

Natürlich war ich andererseits auch von dieser Frau abhängig. Sobald sie zur Polizei gehen und dort die ganze Wahrheit über meine unglückliche Rolle bei dem Banküberfall erzählen würde, wäre mein jetziges Leben mit einem Schlag vorbei und ein anderes weitaus weniger angenehmes würde beginnen. Das war mir vollkommen klar. Aber das war für mich kein Grund, mir zu wünschen, dass ihr etwas schlimmes Zustoßen würde.

Diese Frau war für mich ein Geschenk des Himmels und ich hoffte, dass sie noch sehr lange leben würde.

Das ist die volle Wahrheit! Aber wie gesagt, was ist schon die Wahrheit?